TRADUCTION COMPLÈTE

DES

INSCRIPTIONS HIÉROGLYPHIQUES

DE

L'OBÉLISQUE DE LOUQSOR

PLACE DE LA CONCORDE A PARIS

Par F. CHABAS

CHEVALIER DE LA LÉGION D'HONNEUR, ETC.,
MEMBRE DE L'ACADÉMIE DES SCIENCES D'AMSTERDAM,
MEMBRE HONORAIRE DE L'INSTITUT ÉGYPTIEN, DE L'INSTITUT ARCHÉOLOGIQUE DE ROME,
DE LA SOCIÉTÉ ROYALE DE LITTÉRATURE DE LONDRES, ETC., ETC.

PARIS

MAISONNEUVE ET Cⁱᵉ, LIBRAIRES-ÉDITEURS

15, QUAI VOLTAIRE, 15

1868

TRADUCTION COMPLÈTE

DES

INSCRIPTIONS HIÉROGLYPHIQUES

DE

L'OBÉLISQUE DE LOUQSOR

PLACE DE LA CONCORDE A PARIS

Par F. CHABAS

CHEVALIER DE LA LÉGION D'HONNEUR, ETC.,

MEMBRE DE L'ACADÉMIE DES SCIENCES D'AMSTERDAM,

MEMBRE HONORAIRE DE L'INSTITUT ÉGYPTIEN, DE L'INSTITUT ARCHÉOLOGIQUE DE ROME,

DE LA SOCIÉTÉ ROYALE DE LITTÉRATURE DE LONDRES, ETC., ETC.

PARIS

MAISONNEUVE ET Cie, LIBRAIRES-ÉDITEURS

15, QUAI VOLTAIRE, 15

—

1868.

TRADUCTION

DES

INSCRIPTIONS DE L'OBÉLISQUE

DE PARIS.

L'obélisque qui décore aujourd'hui la place de la Concorde, à Paris, se dressait autrefois devant le pylone d'entrée du palais dit de Louqsor, à Thèbes, sur la rive droite du Nil. Ce nom de Louqsor est celui de la bourgade que les Arabes ont construite au milieu des ruines ; il ne dérive en aucune manière du nom par lequel les Egyptiens désignaient le monument : *le temple illustre de Meï-Ammon–Ramsès, à Thèbes, en face des Ap.*

Les obélisques que les Pharaons élevèrent à l'envi devant les principaux temples de leur empire n'avaient pas seulement un but décoratif; généralement dédiés au soleil (Ra) ou à Ammon, ces aiguilles hardies avaient deux significations symboliques bien distinctes : d'une part elles figuraient les rayons solaires. Sur l'obélisque Flaminien, par exemple, Séti Ier se vante d'*avoir rempli Héliopolis d'obélisques, pour illuminer cette ville de leur rayonnement* (1). Entièrement dorés, les obélisques devaient, en effet, répandre de vives lueurs en reflétant l'ardent soleil du ciel égyptien.

En second lieu, ils symbolisaient l'idée de fixité, de permanence. C'est pour ce motif que l'hiéroglyphe de l'obélisque, quoiqu'il ait pour valeur phonétique  *Tekhen*, s'emploie, dans l'orthographe des basses-époques, pour écrire le nom d'Ammon, dont la dernière syllabe ▨▨▨ *men*, *mon*, exprime cette idée de stabilité.

---

(1) Cet obélisque est celui que l'empereur Auguste fit amener d'Héliopolis à Rome.

Serré par l'ennemi, Ramsès II invoque le secours d'Ammon et rappelle à ce dieu les monuments qu'il a consacrés à son culte : *« Pour t'ériger des arbres éternels, je t'ai amené des obélisques d'E- « léphantine ; c'est moi qui t'ai fait dresser des pierres éternelles. »*

Ainsi étroitement liés par leur symbolisme aux plus importantes personnifications du dieu de l'Égypte, les obélisques étaient par eux-mêmes des objets vénérés ; certaines cérémonies du culte se célébraient en leur présence et en leur honneur, et une portion de la dotation des temples était quelquefois spécialement affectée aux dépenses occasionnées par les oblations présentées dans ces cérémonies.

On disposait habituellement les obélisques par paires ; telle était la disposition de ceux de Louqsor, dont le plus petit seul a été amené à Paris. Celui qui est resté à Thèbes mesure 25 mètres 3 centimètres, tandis que le nôtre n'a que 22 mètres 83 centimètres, y compris la partie détruite du pyramidion. Du reste, ni l'un ni l'autre ne peuvent compter parmi les plus grands monuments de ce genre ; celui de Saint-Jean de Latran, à Rome, a plus de 32 mètres ; les textes en mentionnent qui mesuraient jusqu'à 108 et même 120 *coudées*, c'est-à-dire, de 50 à 60 mètres. De ce nombre sont ceux dont parlent en ces termes les inscriptions d'*El-Assassif*, à Thèbes : *« Deux grands « obélisques, hauts de 108 coudées, revêtus entièrement d'or, et illu- « minant le monde de leurs rayons. »*

Il ne subsiste aujourd'hui sur le sol de l'Égypte aucun obélisque approchant de cette hauteur considérable ; mais les indications du texte hiéroglyphique sont trop précises pour qu'il soit permis d'entre-tenir le moindre doute à l'égard de cette dimension, enregistrée sur un édifice public et s'appliquant à des monuments constamment exposés à la vue de tous.

Les grandes pyramides appartiennent toutes à l'Ancien Empire ; mais quoiqu'on puisse faire remonter l'usage des obélisques au moins jus-qu'à la xiie dynastie, il est certain que cet usage se développa surtout à partir de la xviiie. Ramsès II, que nous avons vu tout à l'heure se faire un titre auprès d'Ammon de l'érection de ces *pierres éternelles*, éleva bien réellement de nombreux obélisques. Celui de Paris, et son compagnon resté à Louqsor, furent l'œuvre de ce glorieux monarque, l'un des rois les plus populaires que l'Égypte ait eus.

Ce Pharaon, dont le nom égyptien est *Mei-Ammon-Ramsès*, ce qui signifie : *l'aimé d'Ammon Ramsès* (1), avait un prénom royal de deux formes différentes ; ces prénoms ont une portion commune et essentielle qui se lit *Ousor-ma-Ra*, c'est-à-dire, *Soleil abondant de vérité*. Les cartouches-prénoms qui ne contiennent que cette formule sont ordinairement, mais non pas toujours, terminés par le signe ⟶ (la lettre S) dont le rôle est assez difficile à préciser. On peut seulement faire remarquer à ce propos que l'un des noms familiers du même Pharaon était *Sesou*, ou avec le titre habituel de Soleil, *Sesou-Ra*. On a conjecturé que ce nom populaire avait fourni aux historiens grecs les transcriptions *Sesoosis* et *Sesostris*. On le trouve quelquefois écrit seulement avec deux S.

A la formule *Ousor-ma-Ra* s'adapte le plus souvent l'addition *Sotep-en-Ra*, dont le sens est : *approuvé du Soleil* ou *chéri du Soleil*. Telle est la forme la plus habituelle du *prénom royal* ; mais cette forme n'exclut pas la première, qui appartient bien réellement au même Pharaon.

Cette double forme du prénom royal avait, dans l'origine, fait supposer deux rois distincts : de Ousor-ma-Ra on avait fait Ramsès II, et de Ousor ma-Ra-Sotep-en-Ra, Ramsès III. On croyait que ces deux personnages étaient fils de Séti Ier, et avaient régné l'un après l'autre. Cette erreur a été reconnue depuis longtemps, et Ramsès II est rentré en possession de son double prénom, tandis que le nom de Ramsès III est passé au premier roi de la dynastie suivante.

Les colonnes médiales des inscriptions gravées sur les faces Nord, Est et Ouest de l'obélisque de Paris, donnent au cartouche prénom la forme *Ousor-ma-Ra* ; pour ce motif, on n'avait attribué à Ramsès II que ces trois lignes d'écriture, tandis qu'on gratifiait Ramsès III des neuf autres lignes, qui portent le cartouche *Ousor-ma-Ra-Sotep-en-Ra*.

---

(1) Le nóm de *Ramsés* où *Ramessès* signifie *Sole genitus* ou *genuit cum Sol*.

Nous savons à présent que la totalité des inscriptions appartient à Ramsès II.

Pour les personnes complétement étrangères à la science des hiéroglyphes, il peut être à propos de faire observer que les cartouches-noms qui se lisent au bas de toutes les colonnes sont identiquement les mêmes, c'est-à-dire, qu'ils sont composés des mêmes mots, dans le même ordre, quoique les scribes en aient varié l'expression graphique.

Ces courtes observations suffisent pour faire apprécier le caractère et la destination des obélisques en général, ainsi que l'origine de celui dont nous nous proposons de traduire les inscriptions. Avant d'aborder cette traduction, nous devons rappeler les essais d'interprétation faits par Salvolini, d'après les notes de Champollion. Depuis cette tentative de déchiffrement, la science a considérablement progressé. Aussi la traduction partielle donnée par Salvolini, n'a-t-elle plus aujourd'hui aucune valeur.

Mais si nous sommes à même d'interpréter correctement la totalité des textes de cette nature, nous ne pouvons pas pour cela leur donner l'intérêt qui leur manque. Il ne faut pas s'attendre, en effet, à rencontrer dans ces inscriptions l'indication de faits historiques quelque peu détaillés; dans la réalité, ils n'ont rien de ce qui peut satisfaire la curiosité de l'annaliste. S'ils parlent des conquêtes du Pharaon, c'est en lui attribuant la victoire sur le monde entier, c'est en représentant tous les peuples de la terre courbés sous le fardeau des tributs qu'ils apportent au fils du Soleil; il semble que la mention d'un fait particulier, d'une date déterminée du règne, aurait amoindri l'expression des louanges hyperboliques adressées à ces rois déifiés. Il en est de même pour la construction des monuments religieux, temples ou palais, et pour les fondations pieuses. C'est sur d'autres monuments qu'il faut en chercher la nomenclature. Les obélisques nous apprendront seulement que les Pharaons ont répandu sur leur ville l'éclat du firmament par la multitude et la splendeur de leurs édifices.

Les inscriptions de l'obélisque de Paris célèbrent Ramsès II sur ce ton ampoulé, et ne nous fournissent aucun détail que l'histoire puisse recueillir, sauf le fait de l'érection des obélisques eux-mêmes et quelques allusions à d'autres constructions. Toutefois, grand conquérant et grand constructeur, Ramsès II est peut-être à la hauteur de l'éloge, ce qui n'est pas le cas pour tous les Pharaons qui ont élevé des obélisques.

La monotonie et l'emphase tout orientale des titres et des louanges qui forment le thème habituel de ces sortes d'inscriptions, fatiguent l'attention sans occuper l'esprit des lecteurs en général. Quant aux égyptologues, ils y trouvent un certain intérêt au point de vue mythologique. Presque toutes ces formules se réfèrent aux mythes religieux et surtout à la guerre d'Horus contre Set.

La phraséologie des Livres sacrés est passée sur la pierre : les faits et gestes d'Horus triomphant sont attribués au Pharaon vainqueur. C'est le côté intéressant de ces formules outrées, et c'est à ce seul point de vue que les égyptologues les étudient avec soin.

Bon nombre de ces formules se trouvent dans la traduction des inscriptions d'un obélisque, donnée par Ammien-Marcellin, d'après un auteur grec du nom d'Hermapion. Mais nous n'avons nul besoin de nous appuyer sur cette version, qui est de plus de quinze siècles antérieure à la découverte de Champollion. Tout en reconnaissant qu'Hermapion a bien réellement traduit un texte égyptien, nous sommes en mesure d'arriver à une exactitude plus parfaite que la sienne, et de traduire littéralement ce qu'il s'est contenté de paraphraser.

Ces explications données, nous allons décrire d'abord les quatre *scènes d'offrande* qui occupent les quatre faces de l'obélisque au-dessous de son extrémité pyramidale, qu'on nomme *pyramidion* ; nous aborderons ensuite la traduction des trois colonnes de signes de chacune des faces en commençant par celle du milieu.

SCÈNES D'OFFRANDE.

Face Nord, côté de la Madeleine.

Ramsès II agenouillé offre deux vases de vin à Ammon-Ra.

Cartouche ; Le maître des deux mondes OUSOR-MA-RA, seigneur des diadèmes, MEI-AMMON-RAMSÈS.

Le dieu dit au roi : Je te donne la santé parfaite, je te donne la vie, la stabilité et le bonheur parfaits.

Face Est, côté des Tuileries.

Même offrande.

Cartouche : Le dieu bon, maître des deux mondes, OUSOR-MA-RA, fils du Soleil, seigneur des diadèmes, MEI-AMMON-RAMSÈS, vivificateur comme le soleil.

Ammon-Ra, roi des dieux, dit : Je te donne la vie, la stabilité et le bonheur parfaits. — Je te donne la santé parfaite.

Face Ouest, côté des Champs-Élysées

Même offrande.

Cartouche : Le dieu bon, maître des deux mondes, OUSOR-MA-RA, fils du Soleil, seigneur des diadèmes, MEI-AMMON-RAMSÈS, vivificateur comme le Soleil éternellement.

Ammon-Ra, seigneur des trônes du monde, dit : Je te donne la santé parfaite. — Je te donne la joie parfaite.

Face Sud, côté du Palais Législatif.

Offrande de l'eau.

Cartouche : Le dieu bon, OUSOR-MA-RA, SOTEP-EN-RA, fils du Soleil, MEI-AMMON-RAMSÈS, qui donne la vie, la stabilité et le bonheur comme le Soleil.

Ammon-Ra lui dit (au roi) : « Je te donne la joie parfaite. »

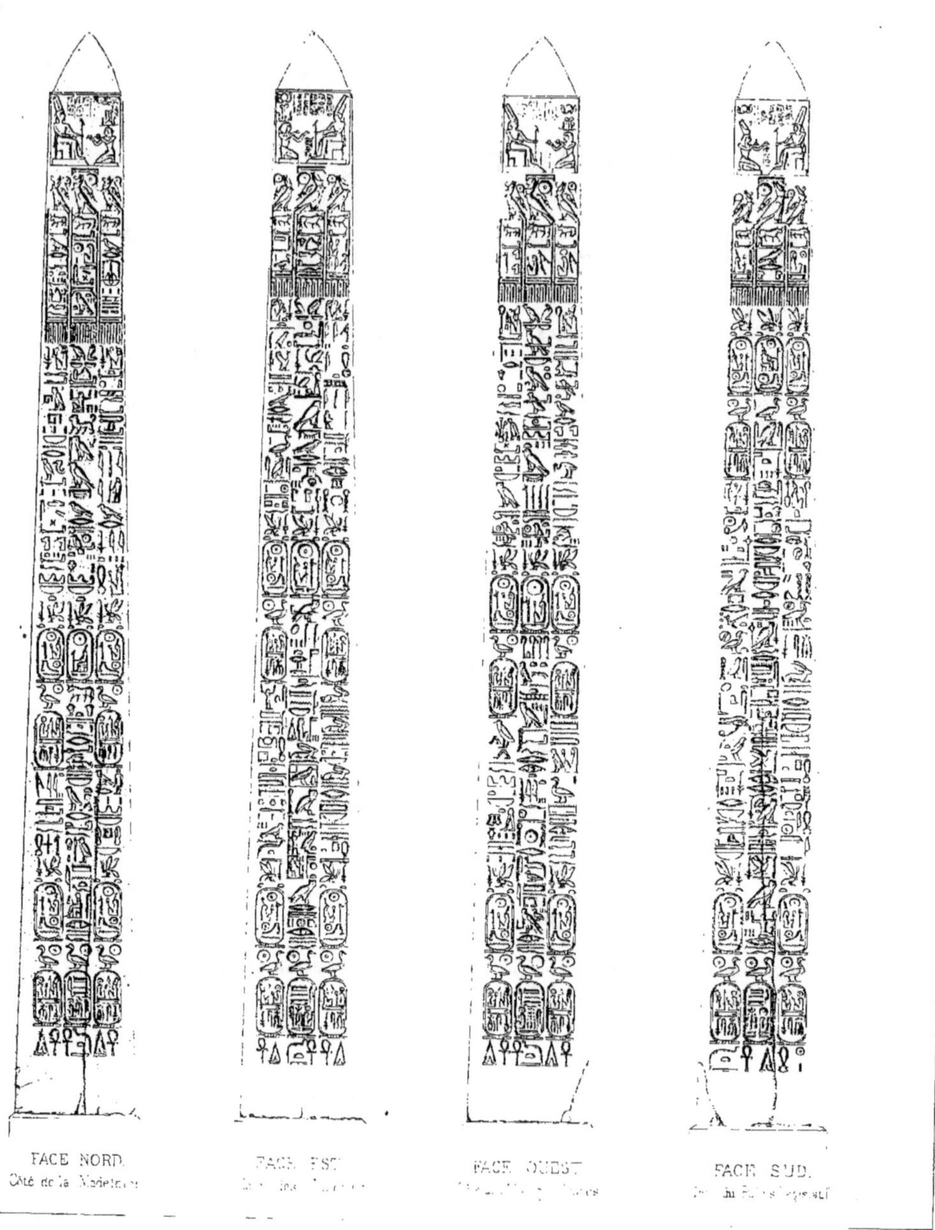

L'OBÉLISQUE DE LOUQSOR

Place de la Concorde à Paris.

Photographié par Ch. Soulier   Lithographié par J. Daumont

TRADUCTION DES INSCRIPTIONS VERTICALES.

FACE NORD.

Côté de la Madeleine.

Colonne médiale.

« L'Horus-Soleil, taureau fort du Soleil, qui a frappé les barbares (*les Sati*) (1).
Seigneur des diadèmes, qui combat contre des millions, lion magnanime, épervier
d'or, le plus fort sur la terre entière (OUSOR-MA-RA), taureau sur sa limite, qui
oblige la terre entière à venir en sa présence, par la volonté d'Ammon, son père
auguste.

Il a fait (l'obélisque) le fils du Soleil (MEI-AMMON-RAMSÈS).

Vivant éternellement.

Colonne à gauche du spectateur.

« L'Horus-Soleil, taureau fort, le plus fort (des forts), qui combat avec son
glaive, le roi aux grands rugissements, le maître de la terreur, dont la valeur
frappe la terre entière, le roi de la Haute et de la Basse-Égypte (OUSOR-MA-RA,
SOTEP-EN-RA), fils du Soleil (MEI-AMMON-RAMSÈS), celui dont la domination est deux
fois chérie comme celle du dieu qui habite Thèbes (2), le roi de la Haute et
de la Basse-Egypte (OUSOR-MA-RA SOTEP-EN-RA), fils du Soleil (MEI-AMMON-RAMSÈS).

« Le vivificateur. »

Colonne à droite du spectateur.

« L'Horus-Soleil, taureau fort, le grand des fêtes triacontaérides, qui aime les
deux mondes, roi fort de glaive, qui s'est emparé des deux mondes (3), chef suprême dont la royauté est grande comme celle du dieu *Tum*, le roi de la Haute

---

(1) Ce nom signifie littéralement les *Flèches*. C'est la plus ancienne dénomination
des ennemis de l'Égypte. A l'époque de Ramsès II, elle ne s'appliquait pas à un peuple
en particulier, mais caractérisait en général les peuplades hostiles.

(2) Ce dieu est *Ammon-Ra*.

(3) Les anciens Egyptiens admettaient pour le monde habité, comme pour l'Égypte
elle-même, deux grandes divisions, le sud et le nord. C'est ce que les inscriptions
appellent les *deux mondes* ou les *deux pays*. Souvent cette expression ne doit s'entendre
que de la Haute et de la Basse-Égypte.

et de la Basse-Egypte (OUSOR-MA-RA, SOTEP-EN-RA), fils du Soleil (MEI-AMMON-RAMSÈS), les chefs du monde entier sont sous ses pieds, le roi de la Haute et de la Basse-Egypte (OUSOR-MA-RA, SOTEP-EN-RA), fils du Soleil (MEI-AMMON-RAMSÈS.)»

« Vivificateur. »

FACE EST.

Côté des Tuileries.

Colonne médiale.

« L'Horus-Soleil, taureau fort, combattant avec son glaive, le seigneur des diadèmes, qui abat ce qui l'approche, qui s'empare des extrémités du monde, épervier d'or, très-terrible, disposant de la vaillance, le roi de la Haute et de la Basse-Egypte (OUSOR-MA-RA); viens, ô fils divin, vers ton père Ammon, toi qui fais être en allégresse le Temple de l'âme et les dieux du Grand-Temple (1) en joie. — Il a fait (l'obélisque) le fils du Soleil (MEI-AMMON-RAMSÈS). »

« Vivant éternellement. »

Colonne à gauche du spectateur.

« L'Horus-Soleil, taureau fort, fils d'Ammon, combien multipliés sont tes monuments ! le très-fort, fils aimé du Soleil, sur son trône, le roi de la Haute et de la Basse-Egypte (OUSOR-MA-RA, SOTEP-EN-RA), fils du Soleil (MEÏ-AMMON-RAMSÈS); qui a élevé la demeure d'Ammon (Thèbes), comme l'horizon céleste, par ses grands monuments pour l'éternité, le roi de la Haute et de la Basse-Egypte, fils du Soleil (MEI-AMMON-RAMSÈS). »

« Vivificateur. »

Colonne à droite du spectateur.

« L'Horus-Soleil, taureau fort, l'aimé de la déesse vérité (*MA*).
Roi doublement chéri comme le dieu Tum, chef suprême, délices d'Ammon-Ra, pour les siècles; le roi de la Haute et de la Basse-Egypte (OUSOR-MA-RA, SOTEP-EN-RA), fils du Soleil (MEÏ-AMMON-RAMSÈS) : ce qu'est le Ciel, tel est ton monu-

---

(1) Le Temple de l'âme et le Temple de *Oer* (*Grand-Temple* ou *Temple du Grand*), sont deux édifices que Ramsès avait dû construire ou réparer. Le temple d'Osiris à Héliopolis portait le nom de *Temple de Oer*. Nous trouvons ici quelque chose d'analogue à la phrase suivante de la traduction d'Hermapion : Καὶ πολυτιμήσας τοὺς ἐν Ἡλιουπόλει Θεοὺς ἀνιδρυμένους·

ment; ton nom sera permanent comme le ciel. Le roi de la Haute et de la Basse-Egypte (OUSOR-MA-RA, SOTEP-EN-RA), fils du Soleil (MEÏ-AMMON-RAMSÈS). »

« Vivificateur. »

FACE OUEST.

Côté des Champs-Élysées.

Colonne médiale.

« L'Horus-Soleil, taureau fort, l'aimé de la déesse vérité (*MA*).

Seigneur des diadèmes, qui prend soin de l'Egypte et châtie les nations, épervier d'or, dominateur des armées, le très-fort, le roi de la Haute et de la Basse-Egypte (OUSOR-MA-RA), roi des rois, issu de Tum ; un de corps avec lui pour exercer sa royauté sur la terre pour les siècles, et pour rendre heureuse la demeure d'Ammon (1) par des bienfaits. — Il a fait (l'obélisque) le fils du Soleil (MEÏ-AMMON-RAMSÈS). »

« Vivant éternellement. »

Colonne à gauche du spectateur.

« L'Horus-Soleil, taureau fort, riche en vaillance, roi puissant par le glaive, qui s'est rendu maître de la terre entière par sa force ; le roi de la Haute et de la Basse-Egypte (OUSOR-MA-RA, SOTEP-EN-RA), fils du Soleil (MEÏ-AMMON-RAMSÈS) ; tous les pays de la terre viennent à lui avec leurs tributs. Le roi de la Haute et de la Basse-Egypte (OUSOR-MA-RA, SOTEP-EN-RA), fils du Soleil (MEÏ-AMMON-RAM-SÈS). »

« Vivificateur. »

Colonne à droite du spectateur.

« L'Horus-Soleil, taureau fort, l'aimé du Soleil, roi très-funeste (à ses ennemis); la terre entière tremble par ses terreurs ; le roi de la Haute et de la Basse-Egypte (OUSOR-MA-RA, SOTEP-EN-RA), fils du Soleil (MEÏ-AMMON-RAMSÈS), fils de Mont, que Mont a formé de ses mains (2); le roi de la Haute et de la Basse-Egypte (OUSOR-MA-RA, SOTEP-EN-RA), fils du Soleil (MEÏ-AMMON-RAMSÈS). »

« Vivificateur. »

---

(1) La ville de Thèbes.
(2) *Mont* est le Mars égyptien. — Dans la traduction d'Hermapion, ce dieu est désigné sous le nom de Ἄρης.

— 12 —

FACE SUD.
Côté du Palais Législatif.

—

Colonne médiale.

« L'Horus-Soleil, taureau fort, très-valeureux. Le roi de la Haute et de la Basse-Egypte (OUSOR-MA-RA, SOTEP-EN-RA), fils aîné du roi des dieux, qui l'a élevé sur son trône, sur la terre, comme seigneur unique possédant le monde entier. Il le connaît (1) en ce qu'il (le roi) lui a rendu hommage en amenant à perfection sa Demeure des Millions d'années (2), marque de la préférence qu'il a eue dans l'*Ap* méridional (3) pour son père, celui-ci le préférera pour des millions d'années.—Il a fait (l'obélisque) le fils du Soleil (MEÏ-AMMON-RAMSÈS). »

« Vivificateur, éternel comme le Soleil. »

—

Colonne à gauche du spectateur.

« L'Horus-Soleil, taureau fort, l'aimé de la déesse vérité (*MA*). Le roi de la Haute et de la Basse-Egypte (OUSOR-MA-RA, SOTEP-EN-RA), fils du Soleil (MEÏ-AMMON-RAMSÈS), rejeton du Soleil, protégé d'Harmachis, semence illustre, œuf précieux de l'Œil sacré, émanation du roi des dieux, pour (être) seul seigneur possédant le monde entier; le roi de la Haute et de la Basse-Egypte (OUSOR-MA-RA, SOTEP-EN-RA), fils du Soleil (MEÏ-AMMON-RAMSÈS). »

« Vivificateur éternel. »

—

Colonne à droite du spectateur.

« L'Horus-Soleil, taureau fort, aimé du Soleil, le roi de la Haute et de la Basse-Egypte (OUSOR-MA-RA SOTEP-EN-RA), fils du Soleil (MEÏ-AMMON-RAMSÈS), roi excellent, belliqueux , vigilant pour rechercher les faveurs de celui qui l'a procréé (4),
Ton nom est permanent comme le ciel; la durée de ta vie est comme le disque solaire sur lui (le ciel). Le roi de la Haute et de la Basse-Egypte (OUSOR-MA-RA, SOTEP-EN-RA), fils du Soleil (MEÏ-AMMON-RAMSÈS). »

« Vivificateur éternel comme le Soleil. »

---

(1) *Etre connu des dieux*, c'était dans le style égyptien, en être aimé et favorisé ; la même expression employée à l'égard des rois comportait une idée analogue, et le titre de *connaissance du roi*, était l'un des plus recherchés. Sous les Lagides, on a dit : *Parent du roi*, συγγενής.

(2) Ceci se rapporte aux grands travaux exécutés par Ramsés II au temple de Karnak, édifice dont une partie portait le nom de Grand-Palais des *Millions d'années*, et dont la fondation remonte à la XVIIIe dynastie.

(3) Cette expression nomme ici la ville de Thèbes, ou peut-être seulement le quartier méridional de cette ville.

(4) Ammon-Ra.

Ainsi qu'à l'avance nous en avons averti le lecteur, les inscriptions dont nous venons de faire connaître la teneur ne contiennent rien de nature à satisfaire une curiosité tant soit peu exigeante. Elles n'en commandent pas moins une sérieuse attention et un religieux respect; car elles nous parlent du monarque sous le règne duquel se produisirent les circonstances qui déterminèrent l'exode des juifs, retenus en Égypte, et plus tard la conquête de la Palestine. — En même temps qu'Ammon-Ra promettait au Pharaon un règne éternel sur toutes les nations courbées à ses genoux, la voix mystérieuse de JEHOVAH se faisait entendre au pâtre de Jethro. Des orgueilleux Pharaons, il ne reste plus que des cendres; leur peuple, enrichi des dépouilles du monde, a été balayé par la tempête; à peine trouverait-on aujourd'hui un représentant de cette race illustre entre toutes, tandis que l'univers civilisé s'incline unanimement devant le Dieu qui daigna se révéler à Moïse.

Paris.—Impr. Paul Dupont, rue de Grenelle-Saint-Honoré, 45.—(268.3.8)

PARIS. — IMPRIMERIE PAUL DUPONT

45, RUE DE GRENELLE-SAINT-HONORÉ, 45.